Bia Barros

Peleja

PRIMAVERA
EDITORIAL

A todas as **mulheres** que ousaram
Desobedecer
Lutar
Não calar
(Des)**Aparecer**.

"Leia-me, não me deixe morrer."
— Edna St. Vincent Millay

EL PAÍS

Valência | 03 de junho de 2018

QUANDO A SOLIDÃO MATA

O FANTASMA DA MULHER QUE VIROU MÚMIA[1]

Uma mulher que morreu em sua casa na Espanha e só foi encontrada quatro anos depois é um caso extremo do isolamento que atinge milhares de idosos

O cadáver mumificado de María Amparo Plaza, uma mulher humilde que agora teria 78 anos, foi achado na segunda-feira em El Cabanyal, um dos bairros marítimos de Valência, na costa leste da Espanha. A polícia acredita que ela tenha morrido de forma natural em sua casa há cerca de quatro anos, e que durante todo esse tempo ninguém tenha se preocupado com sua ausência, o que representa um caso extremo do problema de solidão e isolamento social que atinge milhares de idosos.

Desde aquele dia muitos vizinhos, sobretudo mulheres, se detêm um momento ao passar diante da fachada decrépita do número 141 da rua José Benlliure, onde Plaza viveu durante pelo menos três décadas com a discrição de um fantasma. "É impressionante pensar que não tem ninguém que sinta a sua falta. Não é só que não tinha mais família, não tinha absolutamente ninguém, nem

1 ZAFRA, Ignacio. Quando a solidão mata: o fantasma da mulher que virou múmia. *El País*, 3 jun. 2018. Disponível em: https://brasil.elpais.com/brasil/2018/06/02/internacional/1527956802_023957.html. Acesso em: 16 abr. 2024.

sequer contato com algum vizinho", afirma Amparo Miguel, de 56 anos, há trinta morando na mesma rua. "Passo por aqui todos os dias, conheço muita gente, e embora pareça um pouco inacreditável não tenho nem ideia de quem era ela."

O cadáver de Plaza continuaria caído no piso da cozinha, conservado de forma natural por um processo menos incomum do que pode parecer, se César, um vizinho da paralela rua Escalante, interessado em abrir uma lanchonete no pequeno pátio que separa seu apartamento do da senhora, não tivesse descido até lá e, por curiosidade, empurrado ligeiramente com o cabo da vassoura a janela aberta da casa da mulher, espiando suas pernas estiradas. Agitado, o homem ligou para o telefone de emergências e avisou sobre a morte de Plaza, ao lado de quem morava havia tanto tempo e sobre quem na verdade nada sabia. "A mulher saía muito pouco e não se relacionava com ninguém. Fazia muito tempo que não a víamos, e às vezes comentávamos se não teria morrido. Mas falávamos por falar", admite, com certo tom de culpa, uma jovem moradora do mesmo prédio onde vive César, e que pede para não dar seu nome. "O que achávamos é que tinha se mudado."

Nascida em Valência em 1940, Plaza não tinha familiares próximos na cidade, e tampouco consta que tivesse sido casada ou tido filhos. A polícia seguiu o rastro de uma irmã até Tenerife, nas ilhas Canárias, mas por enquanto não a localizou. Segundo o depoimento de um vizinho aos agentes, a mulher tinha vivido uma temporada na Argentina. Segundo outro, havia manifestado a intenção de se mudar. Plaza nunca foi atendida pelos serviços sociais municipais, e em seu posto de saúde, o Serrería 1, sabem quem ela era, mas quem a atendeu conserva apenas uma vaga lembrança. Os vizinhos a descrevem como hermética, mas não arisca. O cabelo branco comprido e as roupas largas lhe conferiam, segundo essas versões, um aspecto "hippie" ou "desencanado".

> **"A MULHER SAÍA MUITO POUCO E NÃO SE RELACIONAVA COM NINGUÉM.**

Plaza morava bem em frente a uma farmácia e a poucas quadras de uma tabacaria, mas ia um pouco mais longe para comprar cigarros e remédios. "Era muito reservada e sempre vinha sozinha. Não a víamos com amigos nem com familiares. Entrava, cumprimentava com educação, comprava seu paracetamol ou alguma coisinha, e tchau. Não era como alguns que se sentam aqui e contam a vida", diz Joaquín Morales, dono da farmácia da rua Mediterráneo.

A única vez que Antonio Escudero, técnico em eletromecânica com deficiência parcial, de 56 anos, falou com ela foi no dia em que a mulher foi até o vizinho pedir ajuda porque uma gaivota ficara presa na sua sacada. "Não era de falar muito nem de vir à barraca que montávamos nas Fallas [grande festa valenciana], mas tampouco se queixava do barulho." Vicente Salcedo, dono de uma loja de móveis, de 40 anos, entregou há seis ou sete anos uma sapateira – a mais barata do catálogo – na entrada do apartamento dela. Recorda uma casa "limpa, mas muito malconservada, como se não tivessem feito nenhum conserto desde que a construíram".

Pelo que contam os vizinhos, a tendência de Plaza a se trancar vinha de antes, mas pode ter sido agravada pela deterioração do entorno por causa do projeto municipal de prolongamento da avenida Blasco Ibáñez até o mar, aprovado nos anos 1990. O plano previa a demolição de mais de mil moradias do Cabanyal. A Prefeitura expropriou 500, derrubou cerca de 100 e congelou a possibilidade de fazer reformas nas casas. Parte das moradias expropriadas e outras abandonadas por seus proprietários foram ocupadas. Algumas se tornaram pontos de venda de droga, e a sensação de insegurança disparou.

> **“HOUVE UMA RUPTURA DAS RELAÇÕES SOCIAIS NESSA PARTE DO BAIRRO**

“Houve uma ruptura das relações sociais nessa parte do bairro, que sempre tinha sido como uma cidadezinha, e isso contribuiu para o isolamento de alguns moradores, sobretudo de idade avançada”, afirma Faustino Villora, histórico ativista da organização Salvemos El Cabanyal, que se opôs ao projeto viário, hoje arquivado.

Plaza mantinha em débito automático os pagamentos de aluguel, água e luz, na mesma conta bancária em que o Estado lhe pagava a pensão. Um circuito que continuou funcionando automaticamente nestes anos, impedindo que as dívidas alertassem para a sua morte.

Tampouco houve o odor característico de cadáver saindo sob a porta, graças ao processo de mumificação que ocorre naturalmente em condições ambientais especiais, segundo Fernando Verdú, professor de Medicina Legal na Universidade de Valência. “Exige baixa umidade, uma corrente de ar e uma temperatura não muito alta, mas suficiente para provocar o desaparecimento de líquidos. Ser uma pessoa mais velha, magra e ter sofrido uma desidratação antes de morrer são fatores que favorecem a mumificação.”

...

Sinto sede. Vejo sombras. Os ossos estão cansados. Depois de algumas horas de sono, os olhos estão cobertos. Uma névoa gosmenta, que turva tudo, acinzentando o dia. O nascer do sol não desperta esperança. Sinto as juntas cada vez mais endurecidas. Estou à beira do abismo. Sento-me com dificuldade de frente para a janela. A brisa atravessa o corpo. Eriça os pelos. A pele relembra de si.

O calor aquece o corpo e sinto o cheiro do mar. Do mar do início dos meus dias; atlântico, quente, tropical. Os últimos anos trazem de volta a vida que me escapou. Desanco. Até quando? Ah, vida teimosa, que não desiste de despertar! Sinto o peso do esqueleto despencar sobre os quadris; diante do imenso vazio, as memórias ocupam o pequeno e tenaz costume de habitar.

Vivi. Mesmo contra a minha vontade, segui em frente. Não fiz outra coisa nessa interminável vida a não ser seguir em frente. Eu tinha um plano claro: mudar quem eu era, esquecer o passado e viver a vida como uma pessoa nova, livre da dor. Mas as experiências ruins calcificam a alma e cicatrizam o corpo como uma tatuagem horrenda que não se consegue apagar. A gente silencia, emudece, e essas dores silenciosas se transformam em olheiras, em cabelos brancos, em rugas, em gastrites, em sulcos que marcam os nossos rostos, em nós que enrijecem as articulações, em tumores que colonizam nosso corpo. De repente, nos tornamos aquilo de que escapamos.

DESAPARECIDA

Foram tantos os que morreram, tantos os que fugiram, tantos no exílio. Tanta tortura, quanta barbárie! E para quê? Resultaram no que as cicatrizes do meu corpo?

Brasil, um nome, um lugar. Uma terra de uma alegria histérica que enterrou o futuro numa vala clandestina para continuar ignorante e imoral.

DESAPARECIDA

A coragem de me desenraizar, de planar como um espectro por essa existência, me tornar um corpo invisível que caminha por ruas sempre estrangeiras. Fantasma de mim, porque tudo o que fui ficou sepultado há muitos anos. Não sobrevivi no Brasil, nem na Argentina, muito menos em Valência. Resisti. Persisti. Exilei-me do meu corpo, da minha pátria e da minha língua. Clandestina na vida e na morte para finalmente me integrar à invisibilidade da multidão.

DESAPARECIDA

Trocar de nome, deixar a minha família, meu filho, minha pátria. Esquecer o passado para construir uma nova identidade. Ser apenas a minha ausência. Matar os mortos, me enterrar em vida e deixar o além seguir no aqui e no agora dos tempos, deslocado de qualquer amanhã. Viver sem esperança, com o espanto e a perplexidade do nada. Viver nonada. Soprar a vida como uma sopa quente e habitar silenciosamente o espaço que me devora.

DESAPARECIDA

Não ter mais tanto medo, chegar e ir embora sem ninguém notar. Deixar-me viver em outro ser, espantando a memória do horror como uma mosca teimosa... até acertá-la de vez. Me vestir de uma nova identidade, absolutamente livre para não mais ser. Driblar o passado e louvar a capacidade de sobreviver, sem me tornar subalterna a qualquer tipo de autoridade. Espírito livre de ontem e de sempre porque não espera mais nada do amanhã.

...

Aqui estou eu abandonando o casamento. A televisão. O maiô. O som. A varanda de casa. A sala de aula. O arroz com feijão. A reza de mainha. Os ataques de fúria de meu pai. As bênçãos de minha *abuela*. As brigas com meus irmãos. Os namoros de esquina. Os bailinhos de Carnaval. A ambrosia. O bolo de rolo. O vento no rosto. O sarapatel da tia Carmen. O quintal da casa. O flerte. A praia no domingo. O mangue. O pôster de Roberto Carlos. As ruas em marcha. Os folhetins. Os discursos. O guaraná champagne. A saia rodada. Os livros proibidos. A paixão. A revolta. As passeatas. O movimento. O povo.

Largando minha casa. Luiz Fernando. O filho. Minhas amigas de infância. A inocência. A fé. Meus livros. Meus discos. Os bares. Os camaradas. O "ame-o ou deixe-o". A mata. A prisão. O cheiro de merda e de urina. A utopia. A imundície. O medo da morte. A dor. O Brasil. A direita. A esquerda. O centro. O rosto dos torturadores. Os piquetes. A denúncia. A identidade. A fé. O medo. A culpa. O vômito. As gargalhadas dos torturadores.

Deixando para trás a boa moça. Os homens de bem. A posição social. Minhas crenças. Meu passado. O filho recém-nascido. A causa. As utopias. A verdade. O amor. A missa das seis. O Imperialismo. Os socialismos, os romantismos. As armas. As revistas ensinando como ser uma boa mãe. O cinema. O sexo. A culpa. O cigarro roubado. As canções dos Beatles. O nada absoluto. A esperança. O "corra atrás dos seus sonhos". O LP dos Mutantes. Todas as certezas.

Fugindo desse lugar. De mim mesma. Do nacionalismo tacanho. Dos filhos da pátria. Da bandeira hasteada. Do autoritarismo. Do fascismo. De todos os ismos. Pegando o primeiro navio, um trem, um avião. Fazendo um boquete em troca de carona. Vendo as ruas passarem, as cidades, as casas, as pessoas. Os anos. Os sonhos. Recostando a poltrona para trás e tentando dormir. Acordando no meio da noite relembrando o terror.

Siga. Não desista. Diga ao mundo que tem foco e fé. Venda seu corpo, sua alma, seu cu. Jogue um tanto mais de mágoa e de segredos nessa rotina. Vá dando tudo de si até não ter mais forças. Beba até se entorpecer. Passe mais algum tempo tentando largar os vícios e a memória do terror absoluto. Pule de um país para o outro. Fuja dos governos. Dos homens. De mais uma gravidez. De outro filho.

Agora, feche os olhos e deixe tudo parar.
Mas não para
Nunca

...

Odeio esses turistas. Essa gente que vem e vai, ocupando as ruas, os prédios, a vizinhança, consumindo os lugares e as pessoas como se fossem ímãs para suas geladeiras. Odeio esse povo que fala alto, que ri de tudo e tira fotos de si mesmo, sem ver nada e ninguém ao redor. Odeio quando eles se servem dos vinhos, fazendo caretas ridículas e falando sobre a safra e os barris. Odeio a ignorância esnobe, os pais de família e seus filhos. E suas putas-esposas. Odeio essa gente vazia, autoritária, estúpida, que volta para os países de origem com a pretensão vil do colonizador.

...

Aqui me tornei Maria Amparo Plaza. O mesmo nome de solteira da minha avó, a espanhola que foi para o Novo Mundo, fugindo do governo ditatorial do General Primo Rivera, carregando consigo quatro filhos: o meu pai, Lorenzo, tia Pepita, tio Pablo, além de trazer no ventre tia Carmen, que nasceu no Brasil. Depois da prisão do marido, minha *abuela* fugiu do país assolado pelo autoritarismo.

A velha Amparo agarrava-se à sua língua, à sua terra e aos seus costumes como se essa voluntariosa resistência pudesse trazer de volta o passado que deixou definitivamente para trás. A Espanha mágica, a qual mantinha intacta em sua cabeça, depois foi devastada pela guerra civil liderada por Franco, quando a monarquia foi substituída pelo regime republicano, exterminando praticamente toda a sua família e adiando para sempre o reencontro com a terra natal.

Com minha avó aprendi as histórias, antigas expressões e canções do seu povo. No bairro da Boa Vista, em plena Recife antiga, eu e minha avó reinventávamos aquele país. Nas tardes que eu passava em sua casa enquanto meus pais trabalhavam, aprendi a odiar Franco e os falangistas, a ver e guardar os rostos dos parentes mortos, a conviver com as histórias dos tios e tias trucidados pelo fascismo.

As fotografias amareladas dos parentes espanhóis me eram tão familiares quanto os olhos amargurados do meu pai. Sonhava com as histórias que minha avó contava, com aquelas imagens cheias de tristeza, mas completas de uma resistência heroica. Aprendi a conviver com o silêncio doloroso das lembranças que encarnavam no seu corpo curvo. Tornei-me a Nena, sua pequena neta espanhola. Tão espanhola quanto ela. Fugia de casa para acompanhá-la na sonhada Valência. Conterrâneas de uma pátria imaginada na qual, juntas, nos asilávamos.

Lembro-me dos olhos cinzas de minha *abuela*, que brilhavam quando ela se enfurecia; nesses rompantes, xingava o Brasil e o governo, num idioma próprio que ninguém conseguia decifrar. A fala cuspia sons guturais, cheios de erres e jotas que arranhavam sua garganta com fúria enquanto os olhos esbugalhavam e pareciam saltar. Comigo as palavras se adocicavam e eram ditas lentamente, como se estivessem sempre a me ensinar.

O seu corpo cheirava a leite de colônia misturado ao fumo. Tinha um abraço apertado que me incomodava porque não suportava o cheiro azedo que vinha de suas axilas. Dizia que eu tinha o mesmíssimo rosto da sua irmã caçula, Pilar. E, talvez, exatamente por isso me elegeu a neta predileta. Com minha *abuela* aprendi o espanhol, o arroz com crosta e o delicioso *Mona de Pascua*[1], que preparava sobretudo para mim na Semana Santa.

---

1 Pão doce, típico da Espanha, que costuma ser oferecido aos afilhados ou netos mais novos na Páscoa.

Quando ficou gagá, esqueceu o parco vocabulário em português. Falava numa língua que só eu e a minha tia Carmen conseguíamos entender. Tornei-me, então, definitivamente a Pilar. Com um terço na mão e o véu que cobria a cabeça, minha *abuela* rezava em silêncio; pedia que Deus protegesse a pátria e a sua família. Perguntava-me com frequência – a mim, Pilar – pelos parentes presos e os irmãos mortos. Pedia sem cessar para voltar para a casa, até que emudeceu e morreu um ano depois que eu me casei.

...

O primeiro beijo de Judas foi dado por meu pai. Quando fugi de casa com o André, o velho foi à polícia registrar o meu desaparecimento.

Consigo imaginar a voz indignada do velho falando sobre o mau exemplo que dei aos meus irmãos menores, envergonhando a família e escapando com um monte de comunistas. Essa denúncia rondou minha cabeça por muitos anos. Soube disso pelos meus torturadores enquanto eles me estupravam. A lembrança dessa traição foi a que me marcou mais nos tempos da prisão.

Os torturadores diziam que agradeceriam ao meu pai por terem me encontrado. Eu não conseguia assimilar tudo o que tinha acontecido e nem compreender o que havia se passado nos primeiros dias da prisão. Horas intermináveis de interrogatório. Não me deixavam dormir. Uma luz intensa no meu rosto me mantinha acordada o tempo todo. Uma exaustão tão imensa quanto o pavor que eu sentia.

Meu desespero retesava o corpo. Tinha espasmos musculares. Inutilmente, eu tentava dispersar da minha cabeça os boatos que tinha ouvido sobre as prisões, as torturas, as mortes. Como tantos outros, fui presa sem nenhuma acusação, fui condenada sem sequer saber o porquê.

Nesse passado ficou uma lacuna. Me tiraram o tempo. Não lembro quantos dias fiquei presa nem o que aconteceu exatamente durante esse período. Mesmo sabendo que eu estava ali, ciente de tudo o que me aconteceu, a memória apagou as cenas de terror. Mas eu me lembro da sensação de medo. Cada barulho, um tremor. Cada voz no corredor, uma ameaça. O desespero me controlava, mudo. Sobre-humano. Um pânico que espremia o coração e sufocava os pulmões. Um medo físico que deixava o corpo todo em puro estado de alerta. A angústia acelerava os batimentos cardíacos, secava a boca, fazia as mãos tremerem. O maxilar se contraía. Os dentes quebravam com a contração. Me faltava o ar, sentia frio o tempo todo. Conheci a mais absoluta solidão.

Se não fosse o golpe

Eu não seria a Amparo

Talvez, não morresse sozinha

Quem eu seria?

Hoje, vejo no reflexo do espelho o mesmo rosto de minha avó

Tornei-me Maria Amparo Plaza

Para sempre desaparecida

• • •

Sempre tive simpatia pelo movimento estudantil, participava das reuniões do Centro Acadêmico, mas nunca fiz parte de nenhum grupo político ou movimento social. Achava que estava segura por ser de classe média, por não ter me filiado a nenhum partido ou participado de algum movimento que pregava a luta armada. Mas veio o golpe dentro do golpe. O AI-5 e o meu envolvimento com André, um dos líderes mais radicais do movimento estudantil, e tudo mudou. Mesmo não tendo relação direta com o movimento, fui presa para descobrirem o seu paradeiro. Eu não sabia de muita coisa, mas era a isca de que eles precisavam para encontrá-lo. Eu era uma idealista conhecendo a cara do terror, e ele tinha nome, bigode e o olhar impassível de quem não enxerga o outro. Eu estava grávida, outro acontecimento inesperado que tornou todas as horas na prisão um pavor ainda mais que absoluto.

O tempo do horror se estende infinitamente até você desfalecer. Nenhuma certeza sobrevive ao flagelo. Você não sabe se resistiu ou não à dor. Se falou demais ou de menos. Os intermináveis interrogatórios a colocam em contradição. Você se perde. Não lembra mais o que foi dito. A memória se fragmenta. O que exatamente foi revelado? Acaba a tortura, e você não sabe mais nada sobre si mesma. Você se desmancha em culpa, medo, mijo e sangue. Você fala. E se pergunta: qual parte da sua fala se desvela em traição?

Era madrugada quando trouxeram André. Eu reconheci a voz desfigurada pelo horror. Ouvi os urros, o choro, a respiração ofegante. O padecimento daquele corpo que me era tão querido. Escutei a morte naquela noite sem fim. Ele agonizando e uma parede de grades entre nós. Depois levaram seu corpo. Ele havia acusado políticos e empresários que financiaram a ditadura. O pai de Luiz Fernando estava entre eles. André denunciava as fraudes e as corrupções do governo, entregava panfletos e se expunha enquanto os inimigos o espreitavam em silêncio, esperando o momento certo para eliminá-lo. Outro corpo

DESAPARECIDO

...

Alguns dias depois, Carlos Alberto Ribeiro, comandante da 7ª Região Militar de Recife, apareceu com um conhecido na cela: Jonas, um dos interrogadores mais brutais, cuja aparente tranquilidade traía a violência das ações. Sua crueldade era de outra ordem. Jonas sentia prazer em ver os corpos tremendo apenas com o som do seu pigarro. Eu também não aguentei quando ouvi que cumprimentou os ocupantes da cela com "boa tarde", assim como fazia comigo na hora da tortura, com uma única diferença: um hesitante tremor na voz.

— Agora eu também estou aqui, como vocês. Mas a mim não vão prender como um marginal de merda, não. Eu não vou acabar numa vala qualquer por causa de meia dúzia de comunistas. Disseram que eu recebi grana para safar aquele filhinho de papai. Fazer isso pra quê, Santidade? — perguntou ao padre detido na mesma cela. — Eu lhe asseguro que não. Ele sequer me deu trabalho, Padre, juro pra você. Posso ter dado sumiço em muito comunista escroto, mas nunca recebi dinheiro pra safar ninguém.

Eu não ia me meter contra a tigrada[2]. Ele chegou aqui se cagando de medo e me procurou para denunciar uns subversivos. Eu só disse pra ele: "Se não falar em dez minutos, vai morrer, porque eu não quero perder o jogo". Mas eu nem precisei botar a mão em cima dele. Sabe por quê, Padre? Porque, além de cachorro[3], ele era corno! Isso mesmo. Era um corno desgraçado que me procurou pra denunciar a puta da cela quatro e o macaco que fugiu com ela. Perdeu a puta pra um pretinho e veio aqui denunciar o esconderijo dos dois. Agora, tá aí dizendo que foi preso e torturado, Padre. Já foi até entrevistado por um jornalista estrangeiro.

Depois, pude ouvir nitidamente a voz miúda do Padre:

— Tudo vai se ajeitar, meu filho. Tudo vai se ajeitar, de uma maneira ou de outra.

No dia seguinte transferiram Jonas, mas as palavras dele permaneceram cravadas no meu cérebro como os fios elétricos que eles grudaram em mim logo depois.

---

2 Os militares envolvidos na tortura eram chamados de "tigrada".

3 Cachorro era a denominação dada aos agentes infiltrados nos movimentos sociais.

• • •

Estava casada com Luiz Fernando havia um ano e meio quando conheci o André. Participávamos do mesmo movimento estudantil. Luiz Fernando me acompanhou em várias reuniões do Centro Acadêmico, mas a rivalidade entre os dois sempre foi evidente. Na época, eu gostava de pensar que o motivo da competição era eu, mesmo suspeitando de que o poder que os dois desejavam era muito mais atrativo do que a minha festiva mocidade.

Luiz Fernando era exatamente como André o acusava de ser: um filhinho de papai que posava de revolucionário para conquistar meia dúzia de garotas. Inclusive eu, que o adorava como se fosse um artista de cinema. Vaidoso, pavonesco, gostava de exibir seu palavreado culto e arrogante. Conhecia todos os filmes franceses, lia todos os livros proibidos, tinha na cabeça um milhão de citações, que repetia lentamente, com as sobrancelhas erguidas e os olhos marejados. Era um falastrão. Depois de seis meses de casada, eu já tinha decorado todas as suas citações.

André era o seu extremo oposto. Mulato mirrado. Os pais foram assassinados em disputas de terra. Veio com

16 anos para a capital e trabalhou numa livraria a fim de sustentar a família que restara. O tempo no emprego permitiu que tivesse contato com obras do mundo inteiro. Era curioso, inquieto. Aprendeu alguns idiomas sozinho. Estudava com a mesma rigidez com a qual militava. O conhecimento era uma arma poderosa que ele se propôs a dominar.

Entrou na faculdade de Filosofia depois que colocou os dois irmãos menores para estudar. Frequentou os movimentos mais radicais e, em pouco tempo, tornou-se um líder; conduzia as passeatas com destreza. O corpo miúdo agigantava-se; os olhos saltavam, as mãos voavam e as frases eram atiradas com tanta precisão, que ninguém duvidava da sua razão. André era a encarnação do projeto revolucionário da esquerda. Ele era o próprio levante.

Atento à minha constante tristeza, tornou-se o meu melhor amigo. Me ouvia reclamar das seguidas traições de Luiz Fernando e consolava o meu inesgotável pranto. O tempo na faculdade foi passando, os livros e filmes foram nos transformando. A universidade tornou-se uma caixa de ressonância da imensa agitação social daquela época. André tentava, em vão, me catequizar com a sua crença revolucionária.

Quando Luiz passou a trabalhar na empresa do pai, André ia à minha casa, e ficávamos horas conversando sobre música, literatura e, claro, política. Luiz já não me poupava mais, desfilava suas novas conquistas sem o menor pudor.

Eu não sabia o que eu queria e nem sequer quem eu amava. Mas o dia a dia com Luiz tornou-se insuportável. Passei a procurar André na faculdade, depois das aulas, nas reuniões, no centro acadêmico, em qualquer lugar.

Começamos a nos ver com urgência, com pressa, com paixão.

Eu sabia do risco que corria.

E engravidei.

Na época eu era muito romântica, e isso exige uma grande dose de estupidez. Estava assustada demais com aquele corpo que crescia em mim e que eu tentava inutilmente esconder. Não sabia quem era o pai, e isso seria um escândalo para a minha família e para a sociedade pernambucana da época. Então, fugi com André.

Durante o tempo que vivemos na república estudantil, descobri como desejava que ele fosse o pai daquela criança. Disse que estava grávida e, de uma maneira ou de outra, fui conduzindo a situação, esperando que a criança se tornasse o filho com o qual secretamente eu sonhava.

• • •

Não lembro quantos dias se passaram entre a morte de André e tudo que veio depois. Não sei quanto tempo passei completamente entorpecida, num canto da cela, sem comer ou me mexer. Não quero reviver o pânico, a vulnerabilidade que eu sentia todos os dias naquela prisão. Vivi uma espécie de limbo temporal, numa exterioridade absoluta que me distanciava daqueles fatos medonhos e, ao mesmo tempo, me mantinha eternamente presa a eles.

Não lembrar é muito diferente de esquecer. No começo, eu ia todos os dias para o interrogatório, e as torturas eram de todas as formas, sempre nua, sem nenhum controle sobre o meu corpo. Depois eles me deixavam numa solitária por dias e, quando eu começava a me recompor, vinha tudo de novo. Era um ciclo interminável de brutalidade e violência. Primeiro, levavam para o pau de arara, depois para o choque, uma dor que não deixava rastro, mas minava a alma[4]. Muitos deles vinham assistir às sessões para aprender novas maneiras de torturar. Eu era um rato de laboratório, no qual se testavam choques, murros e pontapés. As sensações que aquilo tudo provocava eram indescritíveis: calor, frio, asfixia. A cabeça latejava, a mandíbula se fechava, e os dentes esfarelavam com a pressão.

Eu era uma moça franzina, e meu corpo estava prestes a desfalecer. Eu enganava o cérebro olhando para uma mancha no teto ou algum detalhe da sala. Acordava todos os dias me perguntando por quanto tempo eu iria aguentar. Mas eu teimava em sobreviver. Nessa peleja com a vida, adormecia meus sentimentos, e essa era a única autoridade que tinha sobre o meu corpo.

Com o tempo, aprendi a me descolar do real. Simplesmente me ausentava. Minha mente se exilava do corpo em flagelo. Eu não conseguia esboçar mais nenhuma reação. Talvez por isso não me lembre dos choques, dos murros e dos bichos que enfiavam em mim, mesmo sabendo dos choques, dos murros e dos bichos que enfiavam em mim.

Depois, veio o tempo da espera. O corpo também aprende a padecer. Eu ouvia os passos no corredor e imediatamente me desligava até outro dia, todos os outros dias. Me acostumei até com o risinho sarcástico de Jonas, que avisava:

a g o r a vamos
nos divertir . . .

---

4 Relato inspirado na declaração dada pela ex-presidente Dilma Rousseff em 2001. Fonte: SARDINHA, Edson. Choque, pau de arara e palmatória: o relato de Dilma sobre a tortura ironizada por Bolsonaro, Congresso em foco, 29 dez. 2020. Disponível em: https://bit.ly/4dbI7I0. Acesso em: 2 jul. 2024.

Meu corpo estava vazio, porque minha alma estava longe, muito longe dali. Lembro-me de alguns detalhes: do teto úmido cheio de bolor, que se transformava em rostos, mapas e outras imagens que minha mente criava enquanto o corpo padecia. Também me lembro dos nós roxos da mão do torturador de tanto me bater, das veias saltadas do pescoço de Jonas, que eu imaginava decepar. A nudez não me constrangia mais. Eu já não cabia mais dentro de mim mesma.

Um dia, eles falaram que iam me libertar. Me arrumei como podia e esperei. Esperei. Todos os dias, eu esperava. E nada. O tempo passava letárgico na impotência da espera. Até que, uma noite, eles apareceram e nos puxaram para fora da cela. Eu e mais quatro meninas dentro de um carro. Cobriram nossa cabeça e nos algemaram. Viajamos por horas e horas sem saber o que iria acontecer. Algumas choravam, outras tremiam. Eu esperava.

Fomos levadas para uma cela menor. Fazia muito calor. Nos deixaram sem comida e bebida. As meninas foram levadas uma por uma. Até só restar eu. Não sabia o que tinha acontecido com elas, mas só desejava que todo aquele horror terminasse logo.

O corpo suporta, mas não fica imune.

Ele se ~~quebra~~ fácil, diminui até desfalecer.

Qual o limite da dor?

Qual o meu limite?

Estou só.

Se fui presa, devo ter alguma culpa.
Como **<u>sobreviver</u>** depois disso?

Quero o ~~fim~~,

mas ele também **não vem...**

...

Mais alguns dias se passaram. Parei de esperar. Eles também fizeram isto comigo; me tiraram a esperança. Levei mais uma série de choques e murros, ameaças, até que um dia eu vomitei todos os nomes: de quem conhecia e não conhecia. Luiz Fernando. Maria Clara. Ana Maria. Francisco Carlos. Firmino. José Guilherme. Cláudio. Ana Paula. João Santana. Maria das Graças. Ricardo. Marcelino. Antônio Bezerra de Menezes. José Firmino. Maria Lígia. Ailton. Reinaldo. Zezé. Erlano. Crispino. Walman. Padre Vicente. Donato. Fernanda. Cristina. Geraldo. Zulu.

Citei data, horários e até conversas que ouvi nos corredores. Falei das ideias, das casas, dos movimentos, dos partidos, de tudo o que eu li ou ouvi na faculdade. Denunciei professores e pessoas que eu conhecia de relance ou que eu apenas inventava. Forjei planos, estratégias, desculpas para me vingar. E nem isso foi o suficiente para aplacar a imensidão da minha dor.

Minha barriga parou de mexer. Endureceu. Comecei a sangrar. Fui transferida para o Hospital do Exército, onde fiquei numa cela cheia de baratas. Eu estava muito fraca.

Fiquei estendida no chão, como um pano velho, sem serventia. Senti as baratas em cima de mim e nem assim consegui me mexer.

Vi minha *abuela*. Deitei no colo de cimento do corpo dela. Minha *abuela* me olhava com os olhos marejados. Naquele momento, eu também me juntava aos parentes para sempre

DESAPARECIDOS

...

Meu filho chegou ao mundo roxo, brigando com a vida, espremido pelos fórceps. Entrei em colapso. Quando acordei na UTI, uma enfermeira trouxe um bebê branco, embrulhado num lençol azul, de olhos acinzentados e penugem clara. Berrei para tirarem aquela peste dali. Lembrei da minha cachorra, que devorou os filhotes recém-paridos. Se pudesse, eu teria feito o mesmo.

...

Me descolo da escuridão. Será hoje o meu último dia? Tenho cada vez mais sede. A língua se movimenta querendo salivar. O cérebro grita uma palavra: água. Minha cabeça dói. "São tão fortes as coisas! Mas eu não sou as coisas e me revolto", me repete Drummond. Já não me revolto mais, tenho palavras duras, irritadas, comprimidas, e elas já não fazem mais questão de sair.

Convivo com os sem importância, os sem valor. Os que não são vistos ou sequer lembrados. Imagino-os e esqueço. Vou-me apagando. Me desfazendo pouco a pouco. Mas quem eu realmente fui?

DESAPARECIDA

...

Ultimamente, penso muito na minha mãe. Ela deve ter morrido há muitos anos. Nunca me encontrou. imagino-a esperando para velar um corpo que nunca existiu. O meu pai devastado pela culpa, bebendo e descontando a raiva dele nos meus irmãos menores. O que aconteceu com eles depois? O que restou daquela família depois da minha ausência?

Desaparecer é pior do que morrer.

Desaparecer é esperar a redenção de
um corpo que nunca virá.

Desaparecer é uma morte sem fim.

...

Ainda bem que tudo é instável. Todos os governos, todos os homens, todas as certezas. Tudo passa. E eu também vou passar. Talvez me encontrem quando o corpo começar a feder. Talvez também encontrem este caderno, com meus desenhos, meus rascunhos e a minha confissão. Talvez, assim, possam finalmente saber quem eu fui e quem eu me tornei.

Quem?

Já não sei mais a quem possa interessar.

O que eu espero desta espera?

O que ainda procuro encontrar?

...

Observo tudo deitada no sofá. A luz do poste entrando pela fresta, o barulho dos vizinhos, os segredos dos becos. Sinto frio. Não lembro qual foi a última vez que tomei um banho. Sinto o fedor do meu sexo. O cheiro de mijo. Sou obrigada a calçar as meias e me arrastar com dificuldade até a minha velha cozinha. A baixa umidade resseca os olhos, deixa a garganta seca, tenho dificuldade de respirar. Meus passos são imprecisos, tenho medo de cair. A cada movimento recuo, procurando um apoio. A casa está escura, algumas lâmpadas queimaram, a maior parte dos móveis está se desfazendo. Remexo as roupas velhas guardadas nas caixas de papelão e olho para uns documentos velhos se esfarelando na pasta de couro. Encontro meu passaporte falso, com a foto 3x4 da moça que eu era e com a qual não me assemelho mais.

A moça que eu era **morreu** na prisão

Agora é **velha** e vive em Valência

Tem **sede**

...

Os companheiros de André me esconderam quando saí da prisão. Era nítida a desconfiança deles em relação a mim. Eu entrava na sala, eles se calavam, nem me olhavam no rosto. Eu era vigiada dia e noite por um ser andrógino que me olhava com descrédito e uma pontada de ironia. Eu me perguntava qual o motivo de terem me acolhido se, na verdade, era nítido que não me queriam ali.

Antes de ser preso, André tinha garantido com os companheiros do movimento que eles nos ajudariam a sair do país. Como eu era uma das poucas que falavam espanhol e francês fluentemente, a ideia era que eu levasse à Anistia e à imprensa internacional as denúncias das torturas e dos crimes causados pelo regime militar. Tinha um dossiê completo com o nome dos companheiros desaparecidos e uma quantidade enorme de reivindicações que eles esperavam que alguém de algum lugar fosse escutar.

Eu não via a hora de deixar aquele local repleto de traumas, segredos e ameaças. Tinha saído da prisão, mas a memória daqueles dias ainda estava impregnada em mim. Eu sentia a presença dos torturadores o tempo todo. As vozes e os risos dos brutamontes invadiam meu sono, e eu acordava em sobressalto. Passei a conviver com os fantasmas da prisão, via vultos e ouvia os gritos da tortura. Não conseguia relaxar. Com o passar dos dias, aquela pessoa que me vigiava se tornou o meu único elo com o mundo exterior. Sua presença silenciosa acolhia meu tormento, como se o conhecesse tão bem quanto eu.

Quando o vi pela primeira vez, ele estava sentado na beira da cama com o corpo levemente curvado, enquanto seus olhos encontravam os meus com uma risada letárgica, como se a sua simples presença desafiasse tudo que eu vivera até ali. Nos primeiros segundos daquele encontro, uma estranha familiaridade tomou conta de mim, como se eu já soubesse que alguma coisa nos unia naquela mesma sina. Uma certeza que se confundia com o espanto que aquela presença me causava. Naquele momento eu tentava decifrar o que a razão não podia conceber. O corpo frágil e o olhar agudo me estremeceram, mas não saberia dizer se por força do incômodo ou do fascínio. Por ambos, certamente. Para a minha mente cheia de adjetivos, conceitos e normas, um corpo que não se definia como feminino ou masculino era um enigma que eu sentia a impossibilidade de compreender. Puxava assunto com temas banais, como se essa aparente naturalidade eliminasse todo o desconforto que sua figura me provocava.

— Faz tempo que está aqui?

— Há muito tempo.

— Muito tempo é quanto? — perguntei.

— Uma eternidade.

Vestiu a calça jeans e uma camiseta branca sem se afastar de mim e nem do meu olhar. Me desafiou em silêncio, com sua visão engradecida e transformada: sob ela a verdade impassível. A verdade do que possuía dentro de si era maior do que qualquer definição que eu pudesse dar.

•••

Numa manhã eu ouvi um barulho. Gritei desesperada. Ele e outro companheiro de célula subiram a escada para ver o que era. O rapaz disse que era algum rato ou gambá, mas isso não nos convenceu. Ele rebateu a hipótese, falou que os passos eram calculadamente silenciosos, como se não quisessem ser ouvidos. Impossível ser um bicho. Entrei em pânico. O corpo ainda sofria os efeitos da prisão. Não dormia e, nas poucas horas que isso acontecia, tinha pesadelos, ouvia todos os barulhos do tempo do cárcere. Comecei a chorar de maneira histérica, tentando fugir dali, enquanto ele inutilmente procurava me acalmar. Foi então que me abraçou com tanta força, que eu senti as batidas aceleradas do seu coração. Fiquei ali cerrada em seus braços até tudo se abrandar.

À noite, estávamos na cozinha quando ouvimos o barulho mais uma vez. Ele tentou disfarçar, forçando uma naturalidade despreocupada. Subiu a escada com o chá na mão. Os cômodos no final do corredor do segundo andar estavam abertos. Foi até a cúpula, eu o segui. A escadinha que levava ao terraço era estreita e em formato de caracol.

Ele olhou para o céu, a cabeça girando, o corpo projetando-se para a frente como se pudesse ver além da linha do horizonte. O chá estava frio quando descemos para a sala. Não havia sinal de ninguém. Mesmo assim, aquela presença invisível nos tomava o ar dos pulmões.

— Quando a gente vai parar de sentir tanto medo? — eu perguntei.

— Quando a gente tomar o poder — me respondeu.

Fomos para o quarto, mas nenhum de nós conseguiu dormir. Puxando assunto, perguntei:

— Você sabe o que eles vão fazer se nos encontrarem, né?

— Não quero falar disso.

E virou para o outro lado, cortando o assunto.

Passou a noite de costas para mim como se não suportasse mais a minha presença. Enquanto isso, eu ouvia nitidamente o eco abafado daquele som. Imaginava Jonas ali ao meu lado, rindo do meu sofrimento ou tirando sarro da minha dor, dois olhos imensos a nos vigiar. Ouvia sua gargalhada. O pigarro entre um cigarro e outro. Eu ainda tinha as queimaduras do cigarro espalhadas pelo corpo. Foi quando vi que, da sua cama, também tremia de horror.

— Você é muito corajoso — eu disse alguns dias depois, tentando comprar a sua simpatia.

— E o que você sabe sobre a coragem? — respondeu rispidamente.

— Nada. Só conheço o medo. É ele quem me governa — confessei.

— Que bobagem. O que nos governa é a teimosia em sobreviver.

Ele era quieto, mas do seu silêncio vinha a minha paz. Enquanto me abrigava em seu mundo sem palavras, dedilhava as cordas de um violão invisível, como se o instrumento estivesse ali em cima das suas coxas finas. Pela abertura da camiseta vi a faixa que lhe esmagava os peitos. Quando percebeu que era o pano secreto e não sua performance que capturava a minha atenção, levantou-se incomodado.

— Não dói? — perguntei.

— De tudo que há em mim, isso é o que menos dói.

Levantou-se sem graça e saiu do quarto mudo.

Passei um dia inteiro sem encontrá-lo. Perguntei para um camarada de codinome Rei onde ele estava.

— Numa missão.

— Onde?

Não obtive resposta.

Ele chegou depois da meia-noite, encharcado, com um olhar velho de quem já tinha atravessado o mundo. Tremia. Eu estava sentada na cama com o caderno velho que encontrei no esconderijo.

Eu queria
captar o impercebido
nos momentos mínimos do espaço
nu e cheio

Eu queria
ao menos manter descerradas as cortinas
na impossibilidade de tangê-las

Eu não sabia
que virar pelo avesso
era uma experiência mortal.

(Ana Cristina Cesar)

Li a poesia. Estava escrita com letra de forma cuidadosa, dentro do caderno. Quem teria deixado aquela folha lá? Estendi o papel, e ele me olhou no fundo dos olhos.

— Virar pelo avesso também pode nos tornar outra coisa.

— O quê?

— Invencíveis.

— Para mim, basta me tornar outra pessoa.

— Para mim, basta ser o que eu sou — respondeu, piscando o olho.

Peguei os versos para mim como um amuleto. Naquela época, eu não conseguia compreendê-lo com a linguagem da razão, mas alguma coisa extraordinária surgia entre nós. Eu nunca teria me aproximado dele se não fossem aquelas circunstâncias, mas agora me despertava uma série de sensações contraditórias que eu nunca tinha experimentado. Ele me parecia um adolescente impetuoso que lutava contra a própria vulnerabilidade. Uma coragem tremenda para mostrar-se: "entre todas os seres humanos, este é quem eu sou", enquanto eu sentia uma aguda incompreensão de tudo o que eu era até então. Sua presença desafiava todas as normas, todos os sistemas, toda a repressão. Eu reconhecia nele o mesmo sentimento de inadequação que sempre me acompanhou, mas estava tão assustada, que só esperava que ele segurasse a minha mão enquanto atravessávamos aquele período caótico. Não duvidava da sua coragem, mas me inquietava com a postura sempre aguerrida. Sempre impenetrável. Eu tentava inutilmente me aproximar esperando que ele trouxesse para a desordem da minha vida sua obstinada tranquilidade.

— Qual é a missão que você tem que executar? — indaguei.

— Quanto menos você souber, melhor para todo mundo.

— Então por que me trouxeram para cá?

— Por causa do André. Ele pediu pros camaradas cuidarem de você.

Perguntei se acreditava mesmo que conseguiríamos sair do país.

— É uma questão de tempo.

— Meu medo agora atravessa as fronteiras.

— É isso mesmo que eles querem. Acabar com a nossa coragem.

— Como você faz para seguir em frente?

— Me concentro na minha raiva. Vou matar todos esses filhos da puta.

— Eu não quero me encontrar com eles nunca mais.

— Eu vou me encontrar com cada um deles, mais cedo ou mais tarde.

— Posso te perguntar uma coisa? Qual o teu nome de verdade?

— Meu nome verdadeiro é Téo. O outro não fui eu quem escolhi.

— Então, eu escolho me chamar Amparo, como o nome da minha avó — disse, debochando.

— Nome de velha mesmo.

— Mas eu me sinto muito velha. Por isso tenho que aproveitar o tempo que me resta.

— E se nós aproveitássemos esse tempo juntos?

— Do que você está falando, Téo?

— Estou falando da possibilidade de viver em outros termos: com liberdade para ser exatamente o que se é.

— Este regime tornou a liberdade um sonho impossível.

— A liberdade nunca existiu para quem não segue a regra, meu bem. Antes dos militares, a minha família foi o meu DOI-CODI[5]. Na minha adolescência, fui internado duas vezes por causa do meu comportamento "inadequado", dos meus "trejeitos". Nos sanatórios, recebi eletrochoques, xingamentos e torturas muito similares aos da prisão. Os militares só estenderam para o país inteiro o tratamento dado aos "invertidos" como eu. Por isso, senhorita, a liberdade nunca foi uma opção para pessoas como eu, entende?

Eu lhe entreguei metade do meu sanduíche, e nos deitamos em silêncio. Nos víamos finalmente sem pestanejar.

---

5 Destacamento de Operações de Informações — Centro de Operações de Defesa Interna (DOI-CODI) foi um órgão subordinado ao Exército, de inteligência e repressão do governo brasileiro durante a ditadura que se seguiu ao golpe militar de 1964. O DOI-CODI de São Paulo recebeu e torturou cerca de 6.700 presos e pelo menos cinquenta deles morreram em suas instalações.

...

O irmão e o pai da minha avó foram detidos e fuzilados à beira de uma estrada, poucos meses depois da guerra civil espanhola. Os corpos nunca foram sepultados. A família procurou os ossos por anos para enterrá-los juntos. A coitada da minha avó nunca conseguiu juntar o que restou da família. Viveu seus 83 anos velando essa ausência.

Minha *abuela* contava que entre as vítimas de Franco estavam também as crianças perdidas, bebês que eram arrancados de suas mães e tinham o nome trocado para que pudessem ser adotados pelas famílias dos militares. O mesmo aconteceu na Argentina e no Brasil.

Na prisão, vi várias presas parindo atrás das grades, e os filhos eram retirados delas imediatamente. Sei que isso aconteceu também com as guerrilheiras do Araguaia. Depois de parir, seus filhos eram dados para os pequenos agricultores da região ou para as famílias dos militares que quisessem adotar. Fico pensando no filho do Luiz. O menino que pari na prisão.

Em qual família de calhordas ele foi parar?

Há quatro dias não saio de casa. Do lado de fora, o barulho dos vizinhos com suas pequenas rotinas preenchidas, dias iguais, rimados e cronometrados. Ouço as brigas de um casal. Uma mãe que alterna os gritos entre o marido e os filhos. No andar de cima, alguns refugiados. Estão lá amontoados, misturando as línguas, os sotaques, os corpos e o pouco que resta de vida.

Olho para uma aranha costurando sua teia. A mulher da casa ao lado continua a esbravejar com os filhos, que fazem coro chorando. Um vento frio me arrepia as costas. A aranha continua tecendo a teia, que balança pela fresta de vento. Se tivesse forças, estaria agora com a vassoura na mão limpando toda essa sujeira. Mas a teia está ali, brilhando nos fios de luz que ainda restam. Quanto tempo mais?, Me pergunto.

Minha vizinha continua a gritar num idioma que parece um trovão. Vejo se ainda resta alguma comida. Toda vez que tenho que me abaixar para pegar os legumes na geladeira, eu solto um gemido profundo. As batatas começaram a enraizar. Enfio a mão para pegar a caixa de leite, mas sinto o cheiro de azedo. Há quantos dias está ali? Não me lembro. Mesmo assim, insisto em provar. Estragado. Despejo o conteúdo coalhado na pia. Encontro duas torradas secas e murchas. A caixa de leite ainda na mão. Tento me afastar da bancada, abrir a gaveta e pegar uma faca para passar a manteiga. Então, eu me desequilibro e caio. Não consigo me levantar. Como vou sair daqui?

Vou me arrastando pelo chão. Espero recuperar o fôlego e vou deslizando devagarinho pelo ladrilho. Lembro da brincadeira que fazia com a minha irmã; as duas deitadas no chão encerado da casa da *abuela* para ver quem chegava primeiro ao outro lado da sala. Eu sempre ganhava porque esticava mais a perna para tomar impulso e escorregar.

Como estará Malú agora? Será que ainda se lembra de mim? Ela tinha 16 anos quando eu desapareci. Os torturadores me diziam que também iam trazê-la para me fazer companhia. Diziam que não viam a hora de ela chegar na prisão, porque era muito mais bonita do que eu, e perguntavam se ela ainda era virgem. Eu me apavorava com a ideia de eles fazerem mal a ela, mas depois até comecei a desejar secretamente que ela fosse me fazer companhia. O mundo já estava perdido dentro de mim.

...

Eu não vejo mais as coisas como via antes. Tudo virou um imenso borrão. Continuo deitada, deslocando-me pelo chão, sentindo o coração acelerar a cada respiro. Consegui chegar até o sofá e me apoiar nele para me levantar. Me falta o ar. Pego o controle e aponto para a tela. Ouço os boletins meteorológicos. Aceito o tempo que houver, os dias de chuva, a queda dos grandes pedregulhos, os insuportáveis dias de sol. O jornal volta a mostrar a cara dos apresentadores falando de mais um desastre, uma fraude, um crime. Na Europa, milhares de velhos morrendo pela alta temperatura. Do outro lado do mundo, mais um atentado terrorista. No Brasil, um deputado exalta a figura de um torturador.

Era ele.
Não tinha dúvida.
Jonas, o meu torturador, estava no Congresso Nacional.

...

Amanhã tenho que arrumar esta pocilga. Os números mudam no relógio digital com uma pressa estranha e louca. "Tudo passa", eu digo.

T U D O passa?

Se não tivessem cortado o telefone, eu poderia ligar para o moço da farmácia na *Carrer del Mediterrani*. Minhas costas doem, estou com as articulações enrijecidas. Precisava tomar os meus remédios.

Tenho que descer logo. O bairro já não é mais o mesmo; restaurantes abrem e fecham, prédios se multiplicam. E as putas. Putas de todos os países, de todas as línguas. De todas as cores. Putas de todos os sexos.

Há algumas semanas precisei comprar comida e atravessei um beco para cortar o caminho. Uma travesti estava ajoelhada chupando um rapaz. Quando passei, eu disse que aquilo era uma pouca-vergonha, que eles se pegassem longe da vista dos outros. Ela se levantou, disse alguma coisa que eu não entendi e riu com a boca cheia de porra.

Os olhos cinza da minha *abuela* saltando no mesmo rosto arredondado do Luiz. Tremi, um arrepio que me eletrizava as costas. Com a maquiagem borrada, ele deu meia-volta, rebolando com a calcinha enfiada no cu.

Era ele: o filho do Luiz Fernando.

Apressei o passo, era só o que me faltava. Nunca quis vê-lo, nunca pensei em procurá-lo. Nunca quis saber nada sobre ele. Por que tinha que aparecer logo aqui? Caminhei o mais rápido que pude como se pudesse escapar do passado que surgia na minha frente.

Agora está aqui diante de mim, na televisão.

TRAVESTI BRASILEIRA ENCONTRADA MORTA EM ELEVADOR

POLÍCIA DETÉM TURISTAS FRANCESES

Uma travesti brasileira foi encontrada morta em um elevador na manhã de terça-feira. Dois turistas franceses foram detidos como suspeitos. A polícia investiga uma possível festa que teria resultado no crime. O governo brasileiro acompanha o caso.

Uma travesti brasileira foi encontrada morta no elevador, às 9h10 de terça-feira. Um morador deparou com o corpo no caminho para a rua. Estava em parada cardiorrespiratória e com sinais evidentes de violência no pescoço e na cabeça. As tentativas de reanimação de nada serviram.

Dois turistas franceses de 31 e 21 anos, sem parentesco aparente, foram detidos pela Polícia Nacional depois de seis horas ignorando os agentes e se escondendo no apartamento onde aconteceu o suposto crime. Entre quarta e quinta-feira, os dois suspeitos serão colocados à disposição da Justiça, segundo afirmaram fontes da investigação. No momento, todas as hipóteses estão sendo cogitadas, sendo a mais provável a de uma festa em que os dois turistas se excederam.

La Concha era o seu nome de guerra. A vítima, na ausência de confirmação oficial, é uma travesti que estava de visita ao edifício, de acordo com versões dos moradores. Contatado, o governo brasileiro informa que está ciente do caso e à disposição dos familiares, mas ainda espera detalhes do episódio.

Depois mostraram o corpo, com a saia levantada, exibindo o pau que inutilmente ela tentava esconder.

...

Andávamos sem pressa, observando cada detalhe. Casas baixas, calçamentos irregulares, corpos magros, rostos marcados pela dor. Olhos negros acompanhavam nossos passos e a cada momento éramos alvo de novos julgamentos. Entramos na casa velha e escura, e esperamos uma antiga conhecida de Téo. Calmamente ela apontou uma cadeira, e nos sentamos.

Ela olhou para Téo com um risinho irônico, dizendo que ainda teria muito o que fazer para se transformar num "homem de verdade". Foi ao quarto, abriu a gaveta, desembrulhou uma arma e lhe entregou um revólver.

— O milico que você acertou no banco sobreviveu. Você sabe o que vai acontecer se ele te reconhecer agora, né? É melhor "sair de área" e andar sempre com isso... Se o gorila te encontrar de novo, atira para matar, entendeu? E bico calado. Não conta para ninguém aonde você vai...

— Quando a gente vai poder deixar o país? – Téo respondeu forjando uma aparente calma.

— Assim que os passaportes ficarem prontos, dois companheiros nossos vão levar vocês até a fronteira. Mas, agora, é melhor se preocupar com a sua segurança e garantir que os gorilas não te achem. Some daqui!

Voltamos para a célula para pegar as nossas coisas num silêncio incômodo. Eu sonhava em ir para a Argentina procurar alguns dos parentes da minha avó, que assim como ela migraram para a América Latina, e recomeçar a vida em um novo lugar, mas a promessa de mudança estava novamente ameaçada pelo período de predação.

— O que nós vamos fazer agora? — perguntei irritada.

— Fugir.

— Os seus "camaradas" não vão nos proteger?

— Eu coloquei os companheiros em risco. Achei que tinha matado aquele filho da puta. Mas, agora, o milico que tava no banco pode reconhecer todo mundo. A ordem agora é dispersar. Cada um por si...

— Qual é a garantia que nós temos de que eles realmente nos levarão para fora do país?

— A única garantia da qual eu preciso é matar esses psicopatas. Se eu morrer e levar junto pelo menos algum desses milicos de merda, já terá valido a pena.

— Eu queria ter a sua confiança.

— E eu queria ter você.

— O quê?

— Fico pensando nas coisas que a gente pode viver na Argentina ou no Chile, sem ninguém para nos dizer o que fazer, ninguém para nos julgar ou dizer o que ser.

— Isso é impossível! A gente tá no meio de uma guerra, Téo. O que você não percebe é que a gente tá saindo de uma guerra para entrar em outra.

— Você tá enganada. A gente tá saindo daqui pra fazer o que quiser fazer. O que você mais quer neste mundo?

— Ir embora.

— Eu também quero.

— Então vamos, nós dois. A gente não precisa se meter em mais confusão.

— Antes, eu preciso acertar as contas com eles.

— Por quê, Téo?

— Porque temos que garantir que isso não se repita outra vez.

É engraçado como fomos inocentes. Eu não sabia o que esperar de tudo aquilo, mas sabia que eu tinha que continuar ao lado de Téo. O nosso encontro me fortalecia. Eu queria estar ao seu lado, queria ir junto com ele para a Argentina ou o Chile, sem sequer saber o que nos esperava lá. Na clandestinidade de nossa vida eu encontrei uma razão para estar. Não buscava mais a justiça ou a revolução porque a promessa daquele amor me bastava. E esperava, no fundo, que esse encontro justificasse toda a travessia.

Passei a mão em sua cabeça raspada e segurei suas mãos frias. Téo olhou para mim, e o verde turvo daqueles olhos, finalmente, se abrandou. Seus olhos me contavam coisas que o mundo da convenção não parava para escutar.

— Téo, eu não sei quem você é, mas, apesar de toda a minha ignorância, eu sei que amo sua coragem, e preciso dela para continuar.

...

Depois de tantos anos, vejo os olhos de Téo de novo.

— Téo, por que só agora você apareceu pra mim? Eu te esperei todos esses anos...

— Cê num vai atrás do teu filho, não?

O sotaque mineiro soava em mim como se o tempo nunca tivesse nos apartado.

— Você quer saber dele pra quê? — perguntei espantada.

— Ele vai te levar pra quem me matou — respondeu.

Pulei da cama assustada. O corpo todo arrepiado. Abri a torneira e molhei os lábios com os poucos pingos que caíam. Tinha sede.

...

Seu Delegado, vim aqui para dar testemunho de um crime — eu disse, confiante.

— Qual crime?

— O crime da travesti brasileira que eu vi no jornal.

— Isso não é mais com a gente, minha senhora. A família já tá aqui para levar o corpo pro Brasil.

— Onde está a família dela?

— O pai deve estar agora providenciando o embarque do corpo.

— O senhor sabe onde? Eu era vizinha dela e gostaria de entregar para a família umas coisas que deixou na minha casa. — Menti, mas eu não teria outra chance de encontrar o Coronel.

O delegado indicou a direção, e saí direto para a Embaixada do Brasil. Estava esperando para ser atendida quando vi o Coronel; era ele mesmo quem estava ali: o verme que matou Téo. A frieza do rosto não escondia o aborrecimento. Vi que ele mancava e isso me fez sorrir. Téo tinha deixado aquela lembrança. Fui ao balcão e me aproximei. Ele falava no telefone com alguém.

— É essa burocracia de sempre, mas já falei com o Jonas, o deputado tá facilitando o trâmite pra fazer o translado do corpo o mais rápido possível. Disse que até sexta-feira o corpo do teu filho chega aí no Brasil. Já não bastava o aborrecimento que deu nessa vida... A melhor coisa é deixar essa história pra lá, Eunice. Já basta a vergonha que nos fez passar.

Agora eu sabia exatamente o que fazer. Passei na tenda, comprei um *jamón* e jantei com a *tarta de patata*.

Sentei-me em frente à velha TV e comecei a assistir a um programa.

Os guepardos são os animais mais rápidos do planeta, chegando a alcançar cem quilômetros por hora. Às vezes, os territórios desse felino são ocupados, o que intensifica a competição entre eles.

Gnus e zebras caminharam por mais de mil quilômetros aos sons dos trovões e vão em direção à savana. É lá que as mães gnus podem dar à luz. Contudo, uma alcateia de leões e uma de guepardos aguardam as manadas com avidez.

A mãe gnu conhece os perigos que espreitam nas sombras. Ela leva seu filhote para campo aberto, onde pode avistar os predadores a se avizinhar. A mãe guepardo e seu filhote se aproximam da manada. Este é o território deles: a savana aberta.

Apesar de os gnus pesarem até quatro vezes mais do que os guepardos, os felinos se juntam para encurralar as vítimas. Nos dois lados da batalha, os filhotes se juntam às mães. Mas, às vezes, alguns filhotes são abandonados durante a fuga, e são eles o alvo.

É aí que o guepardo se lança em perseguição. As patas planas e as garras não retráteis lhes dão tração enquanto acelera até a velocidade máxima. Sua coluna vertebral flexível lhe permite girar enquanto os dentes perfuram a traqueia do pequeno gnu. O filhote é estraçalhado ainda vivo. A família de guepardo despedaça o jovem gnu até ficar saciada.

...

Téo, você conhece Guimarães Rosa?

— Já ouvi falar, mas nunca li.

— *Grande sertão: veredas* virou filme. Você assistiu?

— Não.

— O filme foi dirigido por Renato e Geraldo Santos. A Sônia Clara fez a Diadorim.

— Não gosto de filme de cangaceiro.

— Eu li o livro na faculdade, achei tão lindo!

— Por quê?

— Foi o romance mais bonito que eu li. Um amor improvável entre dois jagunços, que nasce no meio de uma batalha, e mesmo reconhecendo a impossibilidade de torná-lo real, a experiência do afeto dá um novo sentido à jornada porque, como diz Riobaldo: "qualquer amor já é um pouquinho de saúde, um descanso da loucura".[6]

— É realmente bonito — disse Téo, visivelmente desconcertado.

6 GUIMARÃES ROSA, J. *Grande sertão: veredas*. Rio de Janeiro: Nova Fronteira, 1986.

— Quando eu li na faculdade, achei essa história muito doida... Eu não conseguia entender aqueles personagens. Aquele amor me soava estranho, algo que passava muito longe da minha compreensão. Mas agora eu sei que o amor por Diadorim também é uma travessia. Que a gente vai descobrindo o amor à medida que o experimenta. Diadorim se parece...

— Com quem?

— Com você, Téo. Você é o meu Diadorim.

— Em vez de romances, você devia ler o *Manifesto*.

— Por quê, se Guimarães Rosa me aproxima mais de você do que toda a política contida no Manifesto?

...

Eu penso naquele dia todos os dias, Téo.

— Eu também, e quero viver aqueles momentos com você para sempre. Mas primeiro é preciso matar o Coronel. Antes de morrer, essa era a minha obsessão. Agora, estou preso nessa meia vingança eternamente. E cabe a você, Amparo, matá-lo por nós dois.

— Aposto que todos os dias ele se lembra do tiro que você deu na perna dele. Isso não basta?

— Isso foi muito pouco perto de tudo que eles fizeram com o Brasil. Foram 21 anos de ditadura, Amparo...

— Esquece isso, Téo. O Brasil não merece o Brasil.

— Você está me devendo essa!

— Eu não te devo nada. Você que foi burro de voltar lá pra me salvar.

— Cê tá me devendo a tua vida. Eu te salvei. Agora, cê tem que me salvar também.

Acordo ainda sentindo a presença de Téo. Parecia tão vivo, com aqueles verdes olhos cada vez mais turvos. A camiseta branca trazia as marcas das balas. As machas de sangue colorindo o tecido. O rosto machucado. Mesmo assim tão lindo. Os olhos saltados buscando os meus.

Por que reviver tudo isso de novo, Téo?

O que você quer que eu faça?

...

Me levanto. Espero o Coronel sair do hotel. Ele segue em direção a um café e, enquanto aguarda o garçom, fala ao celular:

— Fica de olho no Jonas. Você sabe que ele é um imbecil. Eu devo chegar em poucos dias. Por mim, não estava nem aqui, mas você sabe como a Eunice era apegada ao filho. É, meu velho, "pau que nasce torto nunca se endireita". Não, não, o Jonas agora tá pianinho. A gente fez um acordo no Tribunal Militar para arquivar o processo dele. Por nove votos a quatro, ele foi absolvido e agora tá na nossa mão. Eu sei que ele só faz besteira. Sei, sei que foi ele quem explodiu as bombas, que ele é um insubordinado, disso não há nenhuma dúvida. Mas, agora, ele tem que fazer o que a gente quer. Ele é deputado, depois vai tentar se eleger, e, de um jeito ou de outro, ele vai ser mais útil para a gente dentro do governo do que fora dele. Depois a gente dá um jeito nesse maluco. Agora preciso ir, meu querido. Vou lá na embaixada pra ver se o Jonas agilizou o processo.

Eu precisava agir rápido...

• • •

Señor! ¡Señor!

— *Hola, señor, me llamo* Amparo. Sinto muito pela morte de seu filho.

— Me desculpe, senhora, mas agora não tenho tempo. Ainda preciso cuidar da documentação para despachar o corpo.

— Seu filho me pediu que guardasse uns documentos que ele tinha encontrado. Queria entregá-los.

— Que documentos? Não estou entendendo, minha senhora! O que ele encontrou?

— *Na sé.* Creio que é melhor que o senhor veja com os próprios olhos.

Fomos até o meu prédio. Ele subia a escada com dificuldade e parecia cada vez mais impaciente. Abri a porta. Ele a empurrou com força e entrou na sala como se estivesse invadindo um território.

— Cadê os documentos? — perguntou o Coronel, impaciente.

— *¡Cálmate! Siéntate.* Vou pegá-los.

— Senhora, traga logo as coisas do meu filho, por favor!

— Espera, já vou trazê-las.

Fui até a cozinha. E procurei na gaveta o que usar para matá-lo. Estava desnorteada, mas Téo me apontou os remédios para dormir. Despejei os soníferos no café e servi ao militar. Depois, peguei as cordas no armário. Téo me entregou a faca de carne.

— Faça com ele o mesmo que fizeram com os outros presos.

Não, eu não posso fazer aquilo, pensei.

— Lembra, Amparo. Lembra de tudo que eles fizeram, e da herança maldita que deixaram para o nosso país.

— Eu não quero me tornar igual a eles...

— Isso é fazer muito mais do que protestar e entregar panfletos, Amparo. Se deixar eles vivos, eles vão voltar ao poder e repetir tudo de novo. Não duvido que Jonas consiga se eleger. É isso que você quer? Mais um golpe?

— Não. Mas como eu faço isso?

— Lembra, Amparo, e não deixa que isso se repita!

•••

Enquanto as imagens daquele dia iam e vinham, eu observava o velho tomar o café batizado. Esperei fazer efeito. Vi quando ele começou a marear, foi titubeando em direção ao sofá, se segurando entre os móveis enquanto tentava afrouxar o nó da gravata, até desabar. O velho respirava com dificuldade, e as imagens do terror inundavam a sala, projetando nas paredes da minha casa as cenas que durante décadas eu tentara esquecer.

...

Lá estávamos nós – eu, Téo, o Coronel e os outros milicos –, no dia que nos capturaram. Téo sendo arrastado para aquelas sessões intermináveis de tortura, enquanto eu assistia a tudo petrificada pelo terror. Mais um corpo

DESAPARECIDO

Fui recuperando os sentidos, vencendo com calma a paralisia que me cerrava os membros, enquanto a memória girava num caleidoscópio dos rostos desaparecidos. Caminhei lentamente em direção ao velho com a faca e o martelo na mão.

— O que está acontecendo? — perguntou o velho apavorado.

O efeito dos remédios anestesiava o corpo, mas a cabeça ainda buscava uma explicação.

— Coronel, Coronel, aqui estamos nós mais uma vez! — falei baixinho enquanto o prendia com as cordas e enchia sua boca com um pano. — Lembra de mim, Coronel? — sussurrei no seu ouvido.

Ele me olhava confuso, tentando se desvencilhar.

— Que injusto da minha parte querer que o senhor se lembre de mim, não é mesmo? Afinal, foram tantas as mulheres que vocês torturaram, estupraram, mataram! Eu fui só mais uma, mais uma que vocês deixaram parir nas matas e nas celas dos DOI-CODIs para doarem os filhos como se fossem filhotes de cães. Eu fui só mais uma, Coronel! Mais uma pendurada nos paus de araras, esquecida em celas, nas matas, nas valas ou no fundo do mar. Mais uma Desaparecida!

Tomei fôlego e continuei:

— Mas eis-me aqui, Coronel! Esta velha feia, pobre e fedida que o senhor está vendo aqui, bem diante dos seus olhos, foi apenas mais uma das milhares de mulheres que por décadas e décadas vocês tentaram silenciar. Mas eu sobrevivi, Coronel. E hoje eu sou todas elas! E, em nome de todas nós, eu digo para o senhor, seu *velho brocha*, que vocês são uns parasitas que sugam o Estado e corroem as instituições, com o seu mundinho cheio de regras e condecorações. Vocês passaram anos e anos chantageando um governo atrás do outro com a ameaça de intervenção porque não suportam a ideia de uma mudança estrutural. Vocês ameaçam a democracia com seu projeto colonizador porque querem garantir sempre os mesmos e caducos privilégios.

Fodam-se os seus soldos, as suas previdências, as pensões vitalícias das suas **putinhas** particulares!

"Vocês se espalham como teias de aranha nas administrações públicas porque desejam ordenar o mundo da janela dos seus quarteis. Vocês, com suas hierarquias de caserna, perpetuam uma sociedade violenta, patriarcal e desigual. E, em nome dela, continuam torturando e matando nas periferias, nas favelas. Vocês se alimentam do sangue daqueles que elegem como inimigo: os de esquerda, os pretos, as putas, as bichas ou os pobres.

"A guerra é sempre! Ela não acaba nunca. Porque é isso que permite que vocês continuem tramando os seus golpezinhos, os seus complôs. Vocês se nutrem dessa permanente instabilidade política para assegurar seus pífios papéis de mantenedores da ordem. Vocês esbravejam pela moral e pelos bons costumes, enquanto assediam, abusam, violam, imolam tudo o que tocam. Mas, hoje, eu me rogo a prerrogativa de vos julgar.

Hoje, sou eu, esta **mulher** invisível e mil vezes desaparecida, que vos **sentencia** e vos condena.

"Condeno com a mesma força bruta – e com a mesma arbitrariedade – com a qual vocês nos sentenciaram durante todas essas décadas. Não vos ofereço a prerrogativa da inocência. Julgo com os olhos cegos e com as mãos tortas da Justiça, que vocês aleijaram."

> *Vocês pensam que a maré vai, mas nunca volta. Até agora vocês estavam comandando o meu destino e eu fui, fui, fui, fui recuando, recolhendo fúrias. Hoje eu sou onda solta e tão forte quanto vocês me imaginam fraca. Quando vocês virem invertida a correnteza, quero saber se vocês resistem à surpresa, quero ver como vocês reagem à ressaca.*
>
> "Gota d'água", de Chico Buarque de Holanda

Foram treze golpes violentos como o ataque das ondas gigantes na orla de Boa Viagem. O sangue espirrava em mim enquanto o velho se debatia em agonia. Eu, mar revolto, transbordava sobre todas as margens. As medalhas estufadas no peito do velho rolavam como as pedras que tentavam inutilmente conter a fúria do mar.

Depois veio o silêncio...
e a calmaria.

Rasguei a roupa ensopada de sangue e me limpei. Bebi um copo de água, respirei fundo, me sentei na poltrona e liguei a televisão.

Durante milhões de anos, acontece uma corrida evolutiva nas planícies, florestas, desertos. O preço da derrota é a extinção. Quando uma espécie desaparece, uma mais versátil ocupa o seu lugar. Com as mudanças no continente, as espécies mais adaptáveis são aquelas que sobreviveram.

Os predadores têm a própria corrida evolutiva. Um dos maiores ganhadores dessa corrida são as hienas. Difícil entender como a hiena se manteve ao lado desse mundo selvagem dos predadores. O leão é rápido e forte. Sua grande velocidade e força lhe dão vantagem sobre as presas grandes. O leopardo caça sozinho, rastejando antes de agarrar as suas presas, que variam do pequeno ao médio porte. O guepardo é o mais veloz de todos e é considerado o mais bem-sucedido deles.

No entanto, entre os predadores terrestres, a hiena é considerada a segunda maior predadora. Sem ter a força do leão e a velocidade do guepardo, as garras ou o físico com a aerodinâmica dos felinos, ela conta com a inteligência e adaptabilidade.

Duas fêmeas, mais fortes e dominantes do que os machos dentro da espécie, estão caçando nas planícies. Juntas, elas dominam um grupo.

Os cientistas acreditam que o sucesso das hienas venha da estrutura de suas mandíbulas, as quais atravessam a carne e os tendões como um poderoso par de tesouras. Os molares são capazes de esmagar um osso mais rápido do que qualquer outro predador. Os incisivos na frente arrancam a carne dos ossos.

As hienas são inteligentes. Elas desenvolveram uma técnica para atacar suas presas. Observam durante muito tempo até se misturarem com um bando de gazelas e se tornam invisíveis na multidão. Talvez, pela compleição frágil e a marcha arrastada da hiena, ela não provoque tanto medo, mas as aparências podem enganar. A fêmea alfa ataca o filhote da gazela enquanto a beta se lança à adulta. Sua arma é a mandíbula, que mantém a gazela presa até que o resto do seu clã a coma ainda viva.

...

Téo, a gente pode juntar um dinheirinho e ir para a Argentina.

— O que você quer fazer lá?

— Eu sempre tive vontade de conhecer Santa Cruz. Minha *abuela* dizia que vários dos nossos parentes fugiram pra lá na época da guerra. Eu esperava um dia encontrá-los e juntar essa família que ela nunca conseguiu reunir em vida.

— A gente pode ir para onde você quiser. Mas, antes, eu e você temos que nos proteger, e você precisa treinar a pontaria. Os gorilas estão atrás de nós. Eu vou desenhar a cara do Jonas nessa latinha, e você mira na fuça dele. Vamos, Amparo, estoura os miolos dele.

— Téo, eu não quero saber de política nunca mais.

— Cê acha que essa merda toda vai mudar como?

— Não sei. Mas eu tô fora.

— Eu prometo que, quando essa ação terminar, vou criar ovelhas com você na Patagônia. Mas, antes, a gente tem que lutar.

— Besta! Você acha mesmo que meia dúzia de jovens vão vencer um Estado que controla a mídia, as empresas e os órgãos de repressão?

— Não subestime o que está acontecendo no mundo, meu amor. A América Latina inteira está se insurgindo, as pessoas estão indo para as ruas protestar. Eu acho que é uma questão de tempo.

— Eu acho que você sonha demais, Téo.

— Você não tem ódio pelo que eles fizeram com o André?

— Tenho, sim. E é exatamente por saber o que eles são capazes de fazer que eu quero ficar bem longe deles.

— Eles têm que pagar por essas mortes, Amparo. Essas mortes não podem ficar impunes!

— Isso não vai trazer nem o André, nem nenhum outro desaparecido político de volta.

— Mas isso vai impedir que outros Andrés passem por aquele horror. Faz isso por ele. Pelo teu filho…

— Eu não tenho filho.

...

Foram cinco dias nos escondendo, saindo de um lugar e fugindo para outro, sem saber para onde ir. Téo estava transloucado. Entre os nossos, muitos desapareceram. Outros tantos foram exilados. Os traços finos de Téo estavam marcados por um sulco que lhe envelhecia o rosto. Podia ver os primeiros fios de um bigode. Ele se transformava. Continuava cada dia mais calado, desenhando meu rosto enquanto me observava em silêncio. Sabia que ele estava pensando no que fazer. Era provável que fôssemos denunciados. Sentia a sua apreensão. Eu tentava distraí-lo, mas sua preocupação transformou-se em rispidez; passou a me destratar, já não queria mais conversar.

— O que você tem? — perguntei, preocupada.

— Adivinha.

— Eu também tô com medo.

— Sério? Mas você é tão corajosa! — respondeu Téo ironicamente.

— Por que você tá me tratando desse jeito?

— Porque pra você é muito fácil se fazer de tonta.

— Melhor me fazer de tonta do que tentar ser o que eu não sou!

— Como é que é?

— Nada.

— Repete!

Depois dessa discussão, Téo me abandonou. No dia seguinte, acordei com o barulho da janela batendo. Ele não estava mais lá, tinha levado as coisas e me deixado sozinha.

...

Algumas vezes, eu achava que Téo tinha fugido. Outras, que ele havia sido levado. Ficava procurando na mata, no rio, perto do esconderijo, até que decidi ir embora, com os meus fantasmas e minha solidão.

• • •

Estávamos escondidos na minha casa do Recife. Téo, deitado comigo na cama velha do meu quarto, desenhava meu corpo com suas pequenas mãos. A gente fez amor mais uma vez. Ele se levantou. Disse que tinha uma coisa para me mostrar. Era um galpão enorme que escondia um tribunal de justiça. No lugar dos juízes, minha avó, meus tios e minhas tias. Logo depois, vi tudo se repetindo. A cena da sua morte, milhares de vezes revivida. Nós dois no pau de arara, levando choques, sendo espancados. Depois, mandavam-no correr. Soltavam os cachorros gritando: "Terroristas!". E perguntavam rindo: "Cadê a coragem pra matar milico, sapatão?". Diziam que cada mordida era vingança por um militar morto.

Mas o tormento não acabou: vieram os estupros. Eles diziam que iam nos ensinar a gostar de homens[7]. No meio de todo aquele horror, desmaiei. Acordei zonza e os vi tirar a "coroa de cristo", mas não consegui reagir. Colocaram a tira de aço em volta da cabeça de Téo e foram apertando aos poucos, até esmagarem o crânio, e os olhos saltarem para fora das órbitas. Depois, seu corpo foi alvejado de tiros e jogado no canil. Enquanto eles se ocupavam de Téo, eu fugi. Minha *abuela* assistia a tudo sentada na bancada do meritíssimo.

Do lado esquerdo da minha *abuela*, seus irmãos e pai assistiam horrorizados a toda a cena. Eu tinha a obrigação de fazer Justiça por todos eles.

---

7 A violência sexual praticada pelos agentes de repressão durante a ditadura militar, muitas vezes autorizada pelo alto escalão do regime, foi amplamente documentada pela Comissão Nacional da Verdade, destacando-se os abusos contra mulheres. Menos divulgados, porém igualmente significativos, foram os estupros corretivos direcionados à população LGBTQIA+. Essa forma de violência, utilizada como punição pela orientação sexual ou identidade de gênero não normativas, foi reconhecida pelos movimentos sociais no início dos anos 2000 e incorporada ao Código Penal brasileiro em 2018 como crime contra a dignidade sexual, representando um avanço na proteção dos direitos das mulheres e da comunidade LGBTQIA+.

...

Fui à sala, peguei o celular do Coronel, procurei o nome de Jonas na agenda e mandei uma mensagem de texto: "Jonas, é uma emboscada. Um amigo da polícia que investigou o crime do meu filho me contou que eles me acusaram de arquivar o processo da bomba e da vereadora que você apagou. Eles têm as cópias do processo e todas as provas, já entregaram para uma jornalista espanhola, e isso vai acabar com o seu mandato. Mas não se preocupe! Já estou negociando com a periodista. Pegue dinheiro com aquele empresário que financiou a campanha e se encontre comigo neste endereço. Não conte para ninguém e apague esta mensagem. Isso não pode vazar de jeito nenhum".

Afiei a faca de carne novamente e terminei o serviço no Coronel. Como eles nos falavam, "Se não há corpo, não há prova". Enquanto os vizinhos celebravam a *Les Falles*[8], eu ia e vinha durante a noite, continuamente sem ser notada.

---

8 *Las Fallas* ou *Les Falles* é uma festa típica da cidade de Valência, na Espanha. Durante a festa, que ocorre no dia 19 de março, dia de São José segundo a Igreja Católica, grandes figuras satíricas chamadas Fallas, bonecos de papel machê ou de madeira, são queimadas nas ruas e pracinhas da cidade.

O barulho da festa me ajudou a passar despercebida. Enquanto as esculturas de madeira eram queimadas nos festejos, eu levava os pedaços do Coronel dentro do boneco de Franco. O verme que esmagou Téo ardia junto com o lume, a música, a pólvora, a rua. Eu tomava a sopa quente, mirando os fogos de artificio.

...

Nossa, cê me surpreendeu.

— Te surpreendi por quê?

— Foi muito melhor do que eu podia imaginar.

— Agora o que falta pra ficarmos juntos para sempre?

— Você matar o Jonas.

...

Já era meio-dia. Acordei estranhamente leve. Precisava saber mais sobre ele. Depois de anos sem qualquer notícia do Brasil, descobri que o país continuava o mesmo. Téo tinha razão. Jonas agora anunciava sua disputa às eleições, e quem era o vice da chapa? Luiz, o meu ex-marido, que acalmava os ânimos daqueles que temiam uma volta de um regime autoritário, dizendo que perdera a esposa para os militares e que nunca permitiria que eles ameaçassem de novo a Democracia. Ri alto. Esse era o Brasil!

...

Isso é fazer muito mais do que protestar e entregar panfletos, Amparo.

— Téo, como você se habituou a ficar tão longe de mim?

— Eu nunca me afastei, *cariño*. Sempre estive aqui, calado, a te observar. Temos agora todo o tempo do mundo para viver tudo o que ficou interrompido entre nós.

— Mas eu estou tão velha...

— Eu ainda consigo ver a Amparo da mocidade.

— Eu queria que você estivesse comigo de verdade.

— Eu estou.

— Quando tudo isso acabar, vamos para a Patagônia?

Ele riu. Vi de novo aqueles olhos doces, que me falavam de coisas em que eu precisava acreditar.

— Promete ficar comigo até o fim?

— Até a nossa memória desaparecer, minha Amparo.

...

Estava assistindo à última cena de *Grande sertão: veredas* num teatro vazio. Eu estava no palco junto ao corpo de Diadorim. Lavei suas feridas como se pudesse purgar toda a dor acumulada de um tempo. À medida que o fazia, a figura de Diadorim se desvanecia, transformando-se em Téo. A faixa que cobria os seios estava ensopada de sangue. Os peitos não existiam mais. Ele se transmutava. Aquele corpo transformava-se naquilo que sempre foi. Compreendi e pedi desculpas pela nossa última briga. Mas o corpo não era mais de Téo, e sim do André. E assim prosseguiu com uma sucessão de corpos

DESAPARECIDOS

• • •

Não me pergunte como, mas consegui fugir. Uma mulher pobre que morava na região me escondeu por alguns dias. Cuidou de mim, disse que já tinha visto muita maldade naquele lugar. Ela me contou outras narrativas, os últimos dias de centenas de jovens presos. Enquanto cuidava do meu corpo, me segredava aquelas histórias. No delírio da minha febre, eu me misturava com todos eles. Era um limbo de desaparecidos buscando outros desaparecidos. Tentei morrer naqueles dias, Téo. Eu não suportava mais viver. Mas a mulher me salvou mais uma vez. Como uma fênix involuntária, meu corpo se recuperou de novo, e de novo, e de novo. Eu não sabia por que ele insistia em continuar depois de ter experimentado tanto horror.

Decidi ir a Santa Cruz atrás dos parentes de minha *abuela* e, depois, seguir para Valência. Até isso acontecer, convivi com outros exilados, pessoas que nunca mais foram vistas pelas suas famílias nem por seus amores. Vidas jovens interrompidas pela atrocidade de governos autoritários que se espalharam pela América Latina como uma praga. Jurei não me calar. Ir à Anistia, denunciar tudo o que aconteceu, dizer o nome de todas elas, que foram se misturando na minha cabeça; não lembrava mais os codinomes, os rostos, as passagens, os países, quais eram as pessoas reais ou as personagens que eu inventava. Tudo ficou imensamente desordenado.

O *passado* tinha se tornado um labirinto de

espelhos|sohlepse

que eu **recusava** confrontar.

...

Eu protelava porque sabia que esse encontro me levaria exatamente até ali, ao momento em que eu abriria a porta e ficaria

cara

a

cara

com o meu **~~torturador~~**.

...

Em Sacramento, juntei algum dinheiro, trabalhei em pequenos prostíbulos das cidades fronteiriças, consegui caronas com caminhoneiros e, lógico, precisei de muito álcool para escapar. Peguei barriga de novo. Abortei. Na Argentina, reconheci alguns brasileiros. Mas não nos falávamos. Era como se a presença de outro patrício nos colocasse novamente em perigo.

Mergulhei na ioga e na meditação. Desisti de procurar os parentes de minha *abuela*, mas encontrei Belén. Nós naturalmente nos juntamos e nos mudamos para a Patagônia, onde eu dava aula de ioga e ela cuidava do pequeno restaurante. Plantávamos legumes e frutas orgânicas, preparávamos juntas nossas refeições. Eu me desintoxicava do Brasil e da História. Ela via as marcas no meu corpo, mas aceitava o meu teimoso e aborrecido silêncio.

Foram anos e anos meditando, mergulhando nos ensinamentos dos grandes mestres, aprendendo a viver apenas o momento presente. Por fim, consegui esquecer tudo. Para mim, esse foi o grande nirvana; esquecer meu verdadeiro nome, minha língua, minha família, quem eu era. Belén aprendeu a respeitar meu silêncio, e vivemos por longos e tranquilos dez anos. Não sei se amei Belén. Mas ela me reconstruiu delicadamente, me refez do nada. Eu olhava a imensidão da natureza que habitávamos, e estava tão integrada a ela quanto ela à minha muda rotina.

Depois de tantos anos, finalmente, conheci a paz.

...

Depois de uma década juntas, Belén adoeceu. Emagreceu a olhos vistos e sentia muita dor. O médico da cidade mais próxima disse, laconicamente, que não restava o que fazer, "câncer de pâncreas", sentenciou. Foram apenas cinco meses do diagnóstico até a morte de Belén. Ela me fez prometer que eu venderia a casa e o restaurante para ir à Valência e fazer de uma vez por todas as pazes com o meu passado.

Eu não entendia o que ela queria dizer, mas agora compreendo.

Eu precisava continuar a história interrompida de minha *abuela*. Fiz o caminho de volta, carregando comigo a sensação de estrangeira que ela nunca abandonou. Assim como ela, imaginava o que seria da minha vida se tivesse continuado no meu país.

Para onde as minhas **escolhas** teriam me levado?

Quem eu teria me **tornado**?

Que **mãe** eu seria?

Quem seria o meu **filho**?

Foi em **Valência** que tudo começou,
e era lá que tudo tinha que terminar.

...

Desliguei a TV, me arrumei e fui à loja de Dom Vicente. Comprei a sapateira mais barata do catálogo. Limpei toda a casa, deixei tudo em ordem. Ele entregou o móvel na entrada do meu piso. Vi que olhou com curiosidade para dentro da minha casa, mas não desconfiou de nada. Coloquei o móvel na cozinha.

...

Esquentei a água para meu café e afiei a faca da carne pela terceira vez. Jonas chegou depois do almoço. Não me reconheceu, mas olhou em volta e perguntou pelo Coronel.

— Ele pediu que o senhor o esperasse aqui.

— Minha senhora, eu vou entrar em campanha e não posso perder tempo. Tenho que voltar amanhã mesmo para o Brasil.

Fiz de conta que não estava entendendo o idioma, e ele riu com empáfia. Trouxe o café, com muito açúcar e soníferos. Eu não o queria inconsciente, então esperei seu despertar. Ele estava completamente imobilizado na cadeira, acordou meio grogue, e eu disse o que sempre sonhei repetir:

a g o r a vamos nos divertir . . .

...

Apesar de completamente zonzo, percebi seus olhos assustados. Tirei a faca e afiei com calma na sua frente. Me assegurei de que estava imobilizado e com mordaça para abafar o som. Os barulhos dos festejos durante todo o mês de março me ajudaram nesse sentido. Era bom ouvir os sons dos fogos enquanto eu dizia no seu ouvido:

— Lembra que você dizia que eu era nada, Jonas? É bom ser nada nessas horas. A invisibilidade também tem as suas vantagens.

Ele me olhava perplexo. O azul dilatado das pupilas saltava enquanto eu dava os golpes. Fiz questão de manter o meu pequeno ritual: dedicar cada furo do seu corpo aos presos que haviam sido torturados em suas mãos.

Esta aqui vai para o Abelardo.
Esta, para o Abílio.
Para o Aderval.
Pro Afonso.
O Albertino.
O Alberto.
A Alceri.
O Aldo.
O Alex.
Os Alexandres.
O Alfeu.
O Almir.
O Aluísio.
A Ana.
A Ana Maria.
A Anatália.
O André.
O Ângelo.
O Antônio.
O Ari.
O Armando.
O Augusto.
A Aurora.
O Aylton.
O Benedito.
O Bergson.
O Boanerges.
O Caiuby.
Os Carlos.
A Carmem.
O Cassimiro.

A Catarina.
O Célio.
O Celso.
O Chael.
O Ciro.
O Cloves.
O Comandante Crioulo.
O Custódio.
O Daniel.
O Darcy.
O David.
O Denis.
O Devanair.
O Dimas.
A Dinaelza.
A Dinalva.
O Divino.
O Djalma.
O Dorival.
O Edgar.
O Edmur.
Os Edsons.
Os Eduardos.
O Elmo.
O Elso.
O Emannuel.
O Enrique.
O Epaminondas.
O Eraldo.
O Eremias.
A Esmeraldina.

O Evaldo.
O Ezequias.
O Feliciano.
O Félix.
Os Fernandos.
O Flávio.
O Francisco.
O Frederico.
A Gastone.
O Gelson.
Os Geraldos.
O Gerardo.
A Gerosina.
O Gerson.
O Getúlio.
O Gilberto.
O Gildo.
O Grenaldo.
O Guido.
O Guilherme.
O Gustavo.
O Hamilton.
O Helber.
O Hélcio.
A Heleny.
O Hiran.
O Hiroaki.
O Honestino.
O Horacio.
A Iara.
A Ieda.

O Inocêncio.
A Iris.
O Ishiro.
A Isis.
O Ismael.
O Israel.
O Issami.
O Itair.
O Iuri.
Os Ivans.
Os Jaimes.
A Jana.
A Jane.
O Jarbas.
O Jayme.
O Jean.
O Jeová.
Os Joãos.
O Joaquim.
O Joel.
O Jona.
Os Jorges.
Todos os Josés.
O Juan.
O Juarez.
O Kleber.
O Lauriberto.
O Leopoldo.
O Líbero.
A Lígia.
O Lincoln.

O Lorenzo.
A Lourdes.
O Lourival.
A Lúcia Maria.
A Lucimar.
O Lucindo.
O Luís.
Todos os Luíses.
A Luiza.
O Manoel.
O Manuel.
O Marcio.
Os Marcos.
A Margarida.
A Maria Ângela.
A Maria Augusta.
O Massafumi.
A todas as Marias.
O Maurício.
O Merival.
Os Miguéis.
O Milton.
A Miriam.
O Napoleão.
A Neide.
Os Nelsons.
O Nestor.
O Newton.
A Nilda.
O Nilton.
O Noberto.

O Odijas.
O Olavo.
O Onofre.
Os Orlandos.
O Ornalino.
O Osvaldão.
O Otávio.
O Otoniel.
O Paschoal.
A Pauline.
O Paulo César.
Todos os Paulos.
Todos os Pedros.
O Péricles.
Os Raimundos.
O Ramires.
A Ranúnsia.
O Raul.
O Reinaldo.
Todos os Robertos.
O Ronaldo.
O Rosalindo.
O Rubens.
O Rui.
Os dois Ruys.
O Sabino.
O Santos.
O Sebastião.
E todos os Sérgios.
Os dois Severinos.
O Silvano.

A Solange.
A Soledad.
A Sônia.
O Stuart.
A Suely.
A Telma Regina.
A Therezinha.
O Thomaz.
O Tito.
O Tobias.
O Túlio.
O Uirassú.
O Umberto.
O Valdir.
O Vandick.
O Victor.
O Virgílio.
Os Vitores.
O Vitorino.
O Vladimir.
A Walkiria.
Os Walters.
Os três Wilsons.
Yohitane.
Zelmo.
Zóe.
A Zuzu[9].

---

9 Lista dos desaparecidos políticos organizada pela Comissão Nacional da Verdade (CNV). Os assassinatos e desaparecimentos de opositores ao regime militar no Brasil foram investigados por comissões estaduais da verdade, por entidades de direitos humanos e pelos próprios familiares das vítimas. A CNV, em seu relatório final, reconheceu 434 mortes e desaparecimentos políticos entre 1946 e 1988, a maioria dos quais ocorreu no período do regime.

...

A água acabou. Sinto sede. Minhas pernas estão dormentes; e a cabeça, pesada. Não me resta mais nada. Ligo a TV.

Valência fica no litoral leste da Espanha. Com mais de 800 mil habitantes, a cidade vive praticamente dos eventos turísticos. O principal deles é a tradicional Festa de Las Fallas, ou Les Falles, no idioma local. O evento começa no Dia de São José e se estende por todo o mês. É uma festa católica em homenagem ao pai adotivo de Jesus e tem uma grande relevância para os devotos. Os festejos reúnem milhares de pessoas não só na cidade, mas em todos os municípios vizinhos.

A festa é bastante simples e singela, os cidadãos de Valência usam restos de madeiras das oficinas de carpintaria e os queimam como forma de encerramento de um ciclo e início de outro. As *Fallas* se tornaram o evento turístico mais relevante de Valência. Junto dos objetos de madeira que são queimados nas ruas, os participantes reuniram novos elementos aos móveis velhos de madeira: esculturas feitas com restos de ripas e papel machê, representando políticos, ditadores e acontecimentos históricos do município. Os bonecos são queimados como forma de protesto e crítica, eliminando de maneira simbólica os problemas que a sociedade enfrenta. Geralmente, um milhão de pessoas assistem ao evento, esperando a cavalgada de fogo. Ela serve para anunciar que o fogo chegou e logo as *Fallas* serão queimadas. Começa agora, ao vivo, a cremação do monumento principal.

A praça é vista de cima. Ao fundo, fogos de artifício e espetáculos pirotécnicos acontecem. Uma sapateira velha e barata está queimada no centro da praça. Junto dela, representações dos grandes ditadores da História se misturam às cinzas. Uma senhora humilde assiste à queima do objeto emocionada.

...

Téo, você tinha razão. Se eu não o tivesse matado, ele iria se eleger. Mas, mesmo matando Jonas, outros virão. E essa peleja nunca chegará ao fim.

— Pelo menos você cumpriu a sua promessa. E não é isso que realmente importa?

— E do que isso me adianta agora, Téo? Eu, sempre tão adestrada pelo medo, realizei o meu viver à margem da vida. E isso foi tão pouco. Foi isto. Apenas isto. Agora, rumo ao desconhecido para ser novamente desaparecida... Tenho sede.

— Vai passar, Amparo. Agora vem comigo. Vamos nos juntar aos outros.

Agradecimentos

A Ana Lima Cecílio, que teve a generosidade de ler as minhas primeiras aventuras literárias, agradeço o olhar cuidadoso, o incentivo e a indicação sempre certeira de livros. A Inês, minha *irmãe*, por sempre acreditar em mim. A Aramis Luis Silva, por me desafiar constantemente, desconstruir todas as ideias preconcebidas e estar presente em todos os momentos essenciais. A Flávia Lima, Elaine Moura, Ivana Bittencourt, Regina Sanches, Cristiane Fontenele, Clícia Weyne, Fabiana Beltramin, Alessandra Ribeiro e Adriana Macedo, por me tornarem parte dessa irmandade. Ao Grupo Primavera – Larissa, Mariana, Joana e Sofia – pelo profissionalismo, comprometimento e, principalmente, pelo empenho em não deixar esta história desaparecer.

Equipe editorial: Lu Magalhães, Larissa Caldin, Joana Atala e Sofia Camargo
Preparação de texto: Fernanda Guerreiro
Revisão: Marina Montrezol
Capa: Casa Rex
Projeto Gráfico e Diagramação: Lucas Saade e Sofia Camargo

Dados Internacionais de Catalogação na Publicação (CIP)
Angelica Ilacqua CRB-8/7057

Barros, Bia
Peleja / Bia Barros. — São Paulo : Primavera Editorial, 2024.

144 p. : il.

ISBN 978-85-5578-157-5

1. Literatura brasileira I. Título

24-3809 CDD B869

Índices para catálogo sistemático:
1. Literatura brasileira

PRIMAVERA EDITORIAL

Av. Queiroz Filho, 1560 — Torre Gaivota Sl. 109
05319-000 — São Paulo — SP
Telefone: + 55 (11) 3034-3925
+ 55 (64) 98131-1479
www.prideprimavera.com.br
contato@primaveraeditorial.com

PRIMAVERA
EDITORIAL

edição	agosto de 2024
impressão	colorsystem
papel de miolo	pólen 80g
papel de capa	cartão 250g
tipografia	albra book; charter